AF360629

LES FÊTES VÉNITIENNES,

BALLET,

REPRÉSENTÉ, POUR LA PREMIERE FOIS,

PAR L'ACADÉMIE-ROYALE *DE MUSIQUE,*

Le 17 Juin 1710,

Repris le 10 *Mars* 1713, *le* 10 *Juillet* 1721, *le* 14 *Juin* 1731, *le* 19 *Juillet* 1740, *le* 16 *Juin* 1750, Et remis au Théâtre, le Mardi 28 Août 1759.

PRIX XXX SOLS.

AUX DÉPENS DE L'ACADÉMIE.

A PARIS, Chés la V. DELORMEL & FILS, Imprimeur de ladite Académie, rue du Foin, à l'Image Ste. Genevieve.

On trouvera des Livres de Paroles à la Salle de l'Opera.

M. DCC. LIX.

AVEC APPROBATION ET PRIVILEGE DU ROI.

Les Paroles sont de feu Monsieur D A N C H E T.
La Musique de feu Monsieur C A M P R A.

ACTEURS CHANTANTS

Dans les Chœurs.

CÔTE' DU ROI.		CÔTE' DE LA REINE.	
Mefdemoifelles.	*Meffieurs.*	*Mefdemoifelles.*	*Meffieurs.*
Larcher.	Lefevre.	D'alliere.	S. Martin.
Cazau.	Le Page, C.	Maffont.	Albert.
	Rozé.	Salaville.	Jaubert.
LeTourneur.	Archambaud.	Dauger.	Tourcaty.
La Croix.	Touvoys.	Lachantrie.	Durand.
Durand.	Scelle.	Edmée.	Chappotin.
	Rofe.		Favier.
Flamery.	Robin.	Rouffel.	Feret.
Fontenet.	Antheaume.	Héry.	Du Perrier.
Defabéy.	Parant.	Delor.	Boy.

A ij

ACTEURS.

LE CARNAVAL,   M^r. Defentis.

LA FOLIE,   Mlle. Villette.

SUIVANTS *du* CARNAVAL & *de la* FOLIE.

PERSONNAGES DANSANTS.

SUIVANTS DE LA FOLIE.

FOUX ET FOLLES.

M^r. BEATE.

M^r. RIVET.   Mlle. ASSELIN.

M^{rs}. Levoir, Hamoche, Valentin, Groffet.

Mlles. Armand, Lacour, Rey, Baffe.

VIEUX ET VIEILLES.

M^{rs}. Trupty, Gardel.

Mlles. Valentin, Saron.

LE CARNAVAL
ET
LA FOLIE,
PROLOGUE
DES FÊTES VÉNITIENNES.

*Le Théâtre repréfente la Place de Venife ; & dans l'é-
loignement, les Îles qui font en vue de cette place.*

SCENE PREMIERE.

LE CARNAVAL, TROUPE DE MASQUES.

LE CARNAVAL.

L'ÉCLAT de ce féjour, tranquille au fein des
mers,
    Attire cent Peuples divers,

Charmés de fa magnificence ;
Mais il n'eft jamais fi pompeux,
Que lorfque les ris & les jeux
S'y raffemblent par ma préfence.

Gardés-vous de troubler nos doux amufements ;
Fuyés, fombres chagrins ; fuyés, fageffe auftere :
Volés, amours, volés, abandonnés Cythere ;
Venés fur des bords plus charmants.

LE CHŒUR.

Volés, amours, volés, abandonnés Cythere,
Venés fur des bords plus charmants.

LE CARNAVAL.

Vous y trouverés mille amants,
Occupés du foin de vous plaire.

LE CHŒUR.

Volés, amours, volés, abandonnés Cythere,
Venés fur des bords plus charmants.

LE CARNAVAL.

Pour cacher un tendre myftere,
J'offre d'heureux déguifements :

Volés, amours, volés, abandonnés Cythere,
Venés fur des bords plus charmants.

LE CHŒUR.

Volés, amours, volés, abandonnés Cythere,
Venés fur des bords plus charmants.

SCENE II.

LE CARNAVAL, LA FOLIE.

La Suite de LA FOLIE *entre en danfant.*

LA FOLIE.

Accourés, hâtés-vous,
Goûtés les charmes de la vie ;
Je les difpenfe tous ;
Il n'en eft point fans la Folie.

Les plaifirs règnent dans ma cour,
C'eft moi feule qui les infpire :
Je fers de guide au tendre Amour,
Et je partage fon empire.

Accourés, hâtés-vous,
Goûtés les charmes de la vie ;
Je les difpenfe tous ;
Il n'en eft point fans la Folie.

Je ramene les tendres jeux,
Je chaffe la raifon cruëlle ;
Venés, vous ferés trop heureux,
Si vous êtes délivrés d'elle.

Accourés, hâtés-vous,
Goûtés les charmes de la vie;
Je les difpenfe tous;
Il n'en eft point fans la Folie.

(Les Suivants du CARNAVAL & de LA FOLIE,
forment le divertiffement.)

LE CARNAVAL, LA FOLIE,
& LE CHŒUR.

Chantons, & nous réjouïffons :
Laiffés-nous, raifon trop fevere;
Nous donner d'aufteres leçons
N'eft pas le moyen de nous plaire.
Chantons, & nous réjouïffons :
Laiffés-nous, raifon trop fevere.

FIN DU PROLOGUE.

LES

LES DEVINS

DE LA PLACE

SAINT-MARC.

PREMIERE ENTRÉE.

B

ACTEURS.

L ÉANDRE, *Cavalier Fran-*
çois,   Mr. Larrivée.

ZÉLIE, *jeune Vénitienne, dé-*
guisée en Bohemienne,   Mlle. Lemiere.

UNE BOHEMIENNE, Mlle. Dubois.

DEVINS, BOHEMIENS & BOHEMIENNES.

PERSONNAGES DANSANTS.

BOHEMIENS ET BOHEMIENNES.

Mlle VESTRIS.

M. LYONNOIS. Mlle LYONNOIS.

Mrs. Dupré, Hus, Rivet, Desplaces, Gardel, Grosset.

Mlles. Couppé, Chevrié, Riquet, Demiré, Asselin, Deschamps.

LES DEVINS,
PREMIERE ENTRÉE.

Le Théâtre repréfente la Place Saint-Marc.

SCENE PREMIERE
UNE BOHEMIENNE, ZÉLIE,
déguifée en BOHEMIENNE.

LA BOHEMIENNE.

Notre climat jamais n'eut rien de comparable
Aux attraits qui brillent en vous :
Que ma troupe feroit aimable,
Si vous pouviés toûjours demeurer parmi nous !

B ij

ZÉLIE.

Je ne mérite point un langage fi doux.

LA BOHEMIENNE.

Chacun, d'une ardeur non commune,
Vient nous confulter dans ces lieux :
Qu'un cœur feroit content de fa bonne fortune,
S'il la lifoit dans vos beaux yeux !

Mais ne puis-je favoir quelle eft votre entrepife ?
Pourquoi, fous notre habillement,
Vous voulés aujourd'hui ?...

ZÉLIE.

Vous en êtes furprife ?
Pour vous en éclaircir, écoutés un moment.

Un jeune Amant, parti des rives de la Seine,
A depuis quelque tems paru dans ce féjour :
On diroit qu'il porte ma chaîne ;
Avec empreffement il me fuit chaque jour,
Et fouvent dans la nuit, d'une voix la plus tendre,
Près des lieux que j'habite, il vient me faire entendre
Tout ce que peut dicter l'Amour.

LA BOHEMIENNE.

C'eft par des amorces pareilles
Que l'Amour eft fouvent vainqueur ;
Quand on fait charmer les oreilles,
On eft bientôt maître du cœur.

Z É L I E.

Je ne le cele pas, j'ai peine à m'en défendre;
Mais je le crois volage, & je voudrois apprendre
    Quels font fes fentiments fecrèts :
Il fe plaît à vos jeux ; fi je le vois paroître ,
Sous cet habillement, en lui cachant mes traits ,
    Je tâcherai de le connoître.

L A B O H E M I E N N E.

    Après avoir donné fon cœur,
Eft-il tems de vouloir connoître ce qu'on aime ?
    Une amante, dans fon ardeur,
    Cherche à fe tromper elle-même.

Z É L I E.

Non , non ; fi fon amour ne répond pas au mien,
Peut-être je pourai rompre un fatal lïen.

E N S E M B L E.

    Un cœur fidele, qui s'engage,
    S'expôfe au plus cruël danger:
    Quel tourment d'aimer un volage,
    Et de ne favoir pas changer !
  (*L é a n d r e paroît au fond du Théâtre.*)

Z É L I E.

  C'eft lui qui vient : pour le furprendre
  Je veux l'obferver & l'entenre.
         (*Elles fortent.*)

SCENE II.

LÉANDRE.

Amour, favorife mes vœux !
Ne fois point offenfé fi mon cœur eft volage ;
    Prendre fouvent de nouveaux nœuds,
    C'eft te rendre fouvent hommage.

    Lorfque j'ai trïomphé d'un cœur,
    Je médite une autre victoire :
    Brûler d'une infidele ardeur,
C'eft travailler fans-ceffe à te combler de gloire.

    Amour, favorife mes vœux !
Ne fois point offenfé fi mon cœur eft volage ;
    Prendre fouvent de nouveaux nœuds,
    C'eft te rendre fouvent hommage.

SCENE III.

LÉANDRE, ZÉLIE, en BOHEMIENNE.

ZÉLIE entre sur le Theâtre en dansant.

Jeune Étranger, veux-tu savoir
Ta bonne ou mauvaise fortune ?
Ma science n'est pas commune
Dans le grand art de tout prévoir.

LÉANDRE.

Je ne veux point prévoir le plaisir ni la peine,
Pour être au rang des cœurs contents :
La crainte d'un malheur m'inquiéte & me gêne ;
Et je goûte bien moins un bonheur que j'attends.

ZÉLIE.

Que ta crainte finisse,
Éprouve quels font mes talents :
Du-moins fur tes projèts galants
Veux-tu que mon art t'éclaircisse ?

LÉANDRE.

Sur mes projèts d'amour je crains peu l'avenir ;
Vous pouvés m'en entretenir.

ZÉLIE.

Par mes sublimes connoissances,
Je lis dans les secrèts des Dieux ;

Et dans ta main, ou dans tes yeux,
Je connoîtrai ce que tu penses.

(Elle prend la main de L É A N D R E.)

Que vois-je ? dans ces lieux
A combien de beautés tu promèts ta tendresse !
Tu fais parler d'amour, tu l'exprimes des mieux ;
Sans que d'un trait constant jamais ce Dieu te blesse.

L É A N D R E.

Je croyois vos discours un effet du hazard ;
Mais je vais admirer votre art.

Il est vrai, je suis infidele,
Par tout ce qui me plaît je me sens arrêté :
Le cœur ne fut jamais le tribut d'une belle,
Il est celui de la beauté.

Z É L I E.

Deux objèts dans Venise ont vu briller ta flâme ;
Et je sais bien pourquoi tu n'en sens plus l'ardeur.

L É A N D R E,

Quoi ! vous pouvés savoir ? . . .

Z É L I E.

Tu règnes dans leur âme,
Elles ne touchent plus ton cœur.

L É A N D R E.

Dois-je me piquer de constance,
Dès que d'un tendre objet le cœur paroît charmé ?
Ce seroit démentir les lieux de ma naissance,
D'être toûjours amant, lorsque je suis aimé.

Z É L I E.

ZÉLIE, en reprenant la main de LÉANDRE.
  Pour une nouvelle maîtreſſe,
  Je vois qu'un nouveau ſoin te preſſe.
      LÉANDRE.
Croyés-vous que bientôt je puiſſe l'enflâmer ?
      ZÉLIE.
Elle eſt fiere, & jamais elle n'eut de foibleſſe.
      LÉANDRE.
  Non, ne penſés pas m'allarmer.

  Je ſais contraindre un cœur rebelle
  A m'engager ſa liberté :
  Je voudrois, pour la nouveauté,
  Pouvoir trouver une cruëlle.
      ZÉLIE.
Je prévois que bientôt ton cœur ſera content :
  Elle veut un amour conſtant.
      LÉANDRE.
Je jure avec tranſport la plus vive tendreſſe,
Je jure que jamais elle ne peut finir :
Il m'eſt toujours aiſé d'en faire la promeſſe,
  Et mal aiſé de la tenir.
      ZÉLIE.
Écoute par mon art ce que je vais prédire.
    Aujourd'hui dans nos jeux
    Tu verras l'objet de tes vœux :
    Lui-même aura ſoin de t'inſtruire
    Du ſuccès de tes feux.

C

SCENE IV.

LES ACTEURS DE LA SCENE PRÉCÉDENTE,
DEVINS, BOHEMIENS ET BOHEMIENNES,
qui entrent fur le Théâtre en danfant.

LE CHŒUR.

VEnés, empreffés-vous, Amants ; venés entendre
Quel fera le fuccès de vos foins amoureux :
Par notre art vous pouvés apprendre
Tous les évenements heureux, ou malheureux.

On danfe.

ZÉLIE.

Sans troubler le repos du ténébreux empire,
Jufques dans l'avenir nous avons l'art de lire.

Amant, fi vous êtes conftant,
Toûjours empreffé, toûjours tendre ;
Il eft aifé de vous apprendre
Quel eft le fort qui vous attend.

Quel objet pouroit fe défendre ?
Efperés, vous ferés content :
L'inftant eft marqué pour fe rendre,
L'Amour amene cet inftant,
Pourvu que vous vouliés l'attendre.

Amant, fi vous êtes conftant, &c.

On danfe.

Venés fieres beautés, écoutés nos chanfons ;
Songés à profiter de nos tendres leçons.
 Vous foûmettés à votre empire
  Une foule d'amants :
Si vous les méprifés, je ne puis vous prédire
  Que des regrèts & des tourments.

  L'Amour, qui vole fur vos traces,
  Ne regne que dans les beaux ans ;
  Il va s'enfuir avec les grâces
  Que vous donne votre printems.

  Vous perdés des jours favorables,
  Où vos yeux pouroient tout charmer ;
  Quand vous ne ferés plus aimables,
  Que vous fervira-t-il d'aimer ?

  L'Amour, qui vole fur vos traces,
  Ne regne que dans les beaux ans ;
  Il va s'enfuir avec les grâces
  Que vous donne votre printems.

On danfe.

(A la fin du Divertiffement LÉANDRE *fe leve,*
  & paroît inquiet.)

C ij

SCENE DERNIERE.

LÉANDRE, ZÉLIE.

LÉANDRE.

Votre art est peu certain ; je ne vois point paroître
L'objet que j'avois souhaité.

ZÉLIE.

D'un espoir séducteur je ne t'ai point flatté ;
Il faut te le faire connoître.

(Elle se démasque.)

LÉANDRE.

Que vois-je ?

ZÉLIE.

Tu m'offrois de dangereux liens.
Je sais tes sentiments ; tu peux juger des miens.

(Elle sort.)

LÉANDRE.

Il le faut avouër, son adresse est extrême,
Et je ne pouvois la prévoir ;
Mais ce trait cependant montre assés qu'elle m'aime ;
Suivons-là : je n'ai point encor perdu l'espoir.

FIN DE LA PREMIERE ENTRÉE.

LE BAL.

DEUXIEME ENTRÉE.

ACTEURS.

ALAMIR , *Prince Polo-*
nois, *habillé à la Françoise* , M#r#. Gélin.
THÉMIR , *Gentilhomme de la*
*Suite d'*ALAMIR, *déguisé en*
Prince Polonois , M#r#. Muguet.
IPHISE, *Vénitienne* , M#lle#. Davaux.
MAITRE DE MUSIQUE, M#r#. Lombard.
MAITRE DE DANSE, M#r#. Laval.
MASQUES DE DIFFÉRENTS *CARACTERES*.

PERSONNAGES DANSANTS.
ESPAGNOL ET ESPAGNOLETTE.
M. LANY. M#lle#. LANY.
MASQUES GALANTS.
M#lle# RIQUET.
M#rs#. Trupty , Rivet, Hus , Valentin.
M#lles#. Couppé , Armand , Siane , Saron.
POLONOIS ET POLONOISE.
M. Levoir. M#lle#. D'Ornet.
ALLEMAND ET ALLEMANDE.
M. Lelievre. M#lle# Hugues,

LE BAL,
SECONDE ENTRÉE.

Le Théâtre repréfente un Salon, préparé pour un bal.

SCENE PREMIERE.
ALAMIR, THÉMIR.
THÉMIR.

SEIGNEUR, trop de délicateffe
Trouble votre félicité :
Vous aimés dans Venife une jeune beauté,
Et vous ne la charmés que par votre tendreffe.

Elle ignore qu'en vous un prince eft fon amant ;
Et, pour juger encor de fa perféverance,
Paré de votre nom, fous votre habillement,
Je fais briller l'éclat d'une haute puiffance.

Du plus parfait amour

Je feins de reffentir toute la violence ;

Mais les fêtes, les jeux que j'offre chaque jour,

N'affoibliffent point fa conftançe.

A L A M I R.

De fes vrais fentiments j'ai voulu m'éclaircir ;

Ce projet a rendu ma flâme plus heureufe.

T H É M I R.

Il eft rare de réuffir

Par cette épreuve dangereufe.

Le defir d'un rang gloríeux

Éteint les ardeurs les plus belles ;

Il eft bien moins de cœurs fideles,

Qu'il n'eft de cœurs ambitïeux.

A L A M I R.

Et c'eft ce qui troubloit mon âme ;

Je n'ôfois me livrer aux tranfports de ma flâme.

Un amant, élevé dans l'éclat des grandeurs,

En amour n'eft jamais paifible ;

Il peut toûjours douter fi c'eft à fes ardeurs,

Ou fi c'eft à fon rang qu'une amante eft fenfible.

T H É M I R.

Tout confpire à vous rendre heureux ;

Ne vous impôfés plus une dure contrainte :

Iphife

Iphife apprenant votre feinte ,
Poura la pardonner à l'excès de vos feux.

Par vos ordres exprès , j'ordonne un bal pompeux:
Deux maîtres renommés , qu'a vu naître la France ;
Doivent en préparer & les chants & la danfe :
Vous y verrés l'objet de vos plus tendres vœux.

A L A M I R.

Tu fais par quel moyen tu me feras connoître.

T H É M I R.

Allés ; je vois paroître
Les ordonnateurs de nos jeux.

D

SCENE II.

THÉMIR, UN M^tre. DE MUSIQUE,
UN M^tre. DE DANSE.

LE M^re. DE MUSIQUE & LE M^tre. DE DANSE.

DE nos communs efforts vous devés tout attendre.

LE M^tre. DE MUSIQUE.

Ballet charmant !

LE M^tre. DE DANSE.

Mufique tendre !

LE M^tre. DE MUSIQUE.

Ah ! c'eft vous . . . .

LE M^tre. DE DANSE.

Ah ! c'eft vous . . . .

ENSEMBLE.

Qui l'emportés fur moi.

THÉMIR.

J'admire ce flateur langage :
Mais, parmi vous, eft-ce un ufage
De vous louër de bonne foi ?

LE Mtre. DE MUSIQUE.

Grâce au Ciel, de mon art je connois le ſublime,
Tout céde à mes divins tranſports:
Je puis, dans le feu qui m'anime,
Du Chantre de la Thrace effacer les accords.

LE Mtre. DE DANSE.

Mes pas font autant de merveilles,
Ils ſont brillants & gracïeux;
Je ſais l'art de tracer aux yeux
Les ſons qui frappent les oreilles.

LE Mtre. DE MUSIQUE.

Aux yeux des matelots
Faut-il peindre un orage?
Je porte par tout le ravage,
Je fais ſiffler les vents, je ſouleve les flots.

LE Mtre. DE DANSE.

Si des vents en couroux il faut montrer la rage,
Par divers tourbillons j'en deviens un image.

LE Mtre. DE MUSIQUE.

Faut-il inſpirer le repos?
Au tranquille ſommeil je prête des pavots.

L E M^{tre.} D E D A N S E.

D'un fonge agréable
Je peins la douceur :

D'un fonge effroyable
Je fais voir l'horreur.

L E M^{tre.} D E M U S I Q U E.

Si j'évoque les morts de leurs demeures fombres,
Je puis faire trembler les plus audacïeux.

L E M^{tre.} D E D A N S E.

Sous le terrible afpeét d'un démon furïeux,
Je puis épouvanter les ombres.

L E M^{tre.} D E M U S I Q U E.

Je célébre l'amour fur mille tons divers;
Je vante le printems, les zéphirs., la verdure;
On croit entendre dans mès airs
Un roffignol qui chante, un ruiffeau qui murmure.

L E M^{tre.} D E D A N S E.

J'anime les bergers heureux
Qui, par une danfe légere,
Semblent fur la verte fougere
Tracer l'image de leurs feux.

LE M^{tre} DE MUSIQUE.

Par une brillante faillie.

Je fais honneur à l'Italie.

> *Volate Amori ,*
> *Ferite tutti i cori.*

L E   M^{tre} D E   M U S I Q U E.

Et moi je fais. . . .

T H E M I R.

> Allés , je vois quelqu'un paroître ;
> Allés tout aprêter.

Pour maîtres dans vos arts je dois vous reconnoître ,
Au foin que vous prenés tous deux de vous vanter.

S C E N E   III.

A L A M I R ,   I P H I S E.

A L A M I R.

Pourois-je me flater de régner dans votre âme,
Lorfqu'un prince , charmé de l'éclat de vos yeux,
> Joint à l'hommage de fa flâme ,
Tout ce qui peut toucher un cœur ambitïeux ?

> La gloire, la magnificence
> Accompagnent par tout fes pas ;
> Et je n'oppôfe à tant d'appas
> Que mon amour & ma conftance.

IPHISE.

Cruël ! quelle eſt votre rigueur ?
Par cet injuſte effroi n'offenſés point mon cœur.

Vous ſavés que je vous aime ;
Je fais mon bonheur ſuprême
De vous charmer à mon tour :
C'eſt dans une âme commune ,
Que l'éclat de la fortune
Peut triompher de l'amour.

ALAMIR.

Quoi ? votre cœur pouroit refuſer la victoire
Aux charmes d'un rang éclatant !

IPHISE.

Je ne veux que la gloire
De vous rendre conſtant.

ALAMIR.

Ah ! c'en eſt trop , beauté charmante !
Partagés d'un amant la fortune brillante ;
Il vous offre un bonheur certain.
Que ſous d'aimables loix un doux himen vous range ;
Conſentés que l'amour vous venge
Des fautes du deſtin.

IPHISE.

Dans quels ſoupçons , Ingrat , me jette ce langage !

A L A M I R.

Le Ciel en vous formant vous a fait un outrage.

Les fentiments du cœur & le charme des yeux
   Furent votre partage ;
Mais vous deviés briller dans un rang glorïeux.
   Il faut qu'un mortel, qui vous aime,
   Vous offre la grandeur fuprême,
   Que devoient vous donner les dieux.

I P H I S E.

Ah, j'ai perdu votre tendreffe !
Ce vain difcours eft une adreffe
Qui cache un changement fatal :
   Non, il n'eft pas poffible
   Qu'un amant bien fenfible
   Parle pour fon rival.

A L A M I R.

Aimés un prince, aimés . . . .

I P H I S E.

    Tu le veux donc ? Perfide !

A L A M I R.

Si vous ne l'aimés pas, je ne puis être heureux.

I P H I S E.

C'en eft fait, je fuivrai le tranfport qui me guide :
Pour me venger de toi, j'approuverai fes feux,
Mon jufte dèfefpoir... Je le voi qui s'avance :
Ingrat ! je t'aime encor, malgré ton inconftance.

SCENE IV.

ALAMIR, IPHISE, THÉMIR.

THÉMIR.

Prince , les jeux font prêts :
Sans vos ordres exprès ,
Je ne dois point ...

IPHISE.

O Ciel !

ALAMIR.

Que la féte commence.

SCENE

S C E N E   V.

A L A M I R ,   I P H I S E.

I P H I S E.

QU'entends-je ! quel eft ce difcours ?
N'en puis - je favoir le myftere ?

A L A M I R.

Iphife , j'ai voulu vous plaire ,
Sans avoir de mon rang employé le fecours.

Mon cœur eft affûré du vôtre ;
Pardonnés cette feinte à la plus vive ardeur :
Partagés avec moi la fuprême grandeur ,
Dont tout l'éclat n'a pu vous toucher pour un autre.

I P H I S E.

Je ne vois en vous qu'un amant ;
Votre amour feul touche mon âme.

A L A M I R.

Ah , que mon bonheur eft charmant !
Et qu'il augmente encor ma flâme !

E N S E M B L E.

Aimons-nous , aimons - nous ;
Qu'à-jamais l'Amour nous enchaîne !
Richeffes , grandeur fouveraine ,
Sans lui , rien ne peut être doux ;

Aimons-nous , aimons-nous :
Qu'à-jamais l'amour nous enchaîne !

E

SCENE DERNIERE.

LES ACTEURS DE LA SCENE PRÉCÉDENTE,

LES MAITRES DE MUSIQUE & de DANSE
viennent avec une foule de Masques dansants
& chantants, & le bal commence.

LE   CHŒUR.

QUe les ris, que les jeux dans cet heureux séjour,
Avec tous ses attraits fassent regner l'Amour.
Tendre Amour, dans la nuit c'est toi seul qui nous
        guides,
Tu la fais préférer aux jours les plus charmants;
        Tu rends, dans ces moments,
Les amants plus hardis, les beautés moins timides.

On danse.

IPHISE.

Régnés, charmants Plaisirs, régnés dans ces climats;
Banissés la raison, recevés notre hommage.
Les Mortels & les Dieux suivent par-tout vos pas:
Vous enchaînés le Tems au pié de votre image;
        Vous suspendés son funeste ravage,
Et les belles, par vous, renouvellent d'appas.

On danse.

FIN DE LA DEUXIEME ENTRÉE.

L'AMOUR
SALTINBANQUE.

TROISIEME ET DERNIERE ENTRÉE.

ACTEURS.

FILINDO, *Chef des Sal-*
tinbanques ,   M^r. Desentis.
ÉRASTE , *jeune François ,*
amant de LÉONORE ,   M^r. Muguet.
LÉONORE, *jeune Vénitienne ,* Mlle. Dubois.
NÉRINE , *Surveillante de*
LÉONORE ,   M^r. Scelle.
L'AMOUR , *Saltinbanque ,*   Mlle. Lemiere.
SALTINBANQUES.

PERSONNAGES DANSANTS.

ESPAGNOLS ET ESPAGNOLETTES.

M. LYONNOIS.

M^{rs}. Henry , Desplaces.

Mlles. Chevrié , Deschamps.

FOUX ET FOLLES.

Mlle. ASSELIN.

M. DUPRÉ. Mlle. DEMIRÉ.

M^{rs}. Hamoche , Grosset.

Mlles. Lacour , Rey.

MASQUES COMIQUES.

M. LANY.   Mlle. LYONNOIS.

Polichinel ,	M. Levoir.	*Dame Gigogne ,*	M^r. Gardel.
Arlequin ,	M. Beate.	*Arlequine ,*	Mlle. Leclerc.
Scaramouche ,	M. Rivet.	*Scaramouchette,*	Mlle. Hugues.
Pantalon ,	M. Lelievre.	*Vénitienne ,*	Mlle. Siane.
Le Docteur ,	M. Trupty.	*Bolonoise ,*	Mlle. Saron.
Mézetin ,	M. Hus.	*Mézetine ,*	Mlle. Tételingre.

L'AMOUR,

SALTINBANQUE,

TROISIEME ET DERNIERE ENTRÉE.

Le Théâtre repréfente une Place publique.

SCENE PREMIERE.

FILINDO, Chef d'une Troupe de Saltinbanques,
ÉRASTE, jeune François, déguifé en Efpagnol,
un mafque à la main.

FILINDO.

AMANT, que votre trouble ceffe;
Lorfqu'un aimable objet vous bleffe,

Voyés quels font vos médecins :
L'Amour dans vos maux s'intereffe,
Et je feconde vos deffeins.

ÉRASTE.

C'eft trop longtems cacher ma peine :
Léonore a touché mon cœur ;
Je veux lui découvrir ma fecrete langueur ;
Mais mon attente eft toûjours vaine :
On l'obferve avec foin, on la fuit en tous lieux,
Je n'ai pu, jufqu'ici, lui parler que des yeux.

FILINDO.

Les yeux, dans l'amoureux empire,
Sont les interprettes des cœurs.

Un regard languiffant prouve un tendre martyre,
Mieux qu'un difcours rempli de fleurs.

Les yeux, dans l'amoureux empire,
Sont les interprettes des cœurs.

ÉRASTE.

Le langage des yeux eft d'un charmant ufage,
A deux cœurs bien unis il offre mille appas :
Mais que fert ce langage,
Si l'un des deux ne l'entend pas ?

FILINDO.

Une belle fouvent, dans l'âge le plus tendre
Ne fait pas le parler,

Qu'elle commence de l'entendre.
Si l'objet qui vous charme eſt encore à l'apprendre,
Mon zele va ſe ſignaler ;
Il n'eſt rien que pour vous je ne puiſſe entreprendre.

Léonore dans ce ſéjour
S'amuſe quelquefois aux innocents ſpectacles
Qu'au Public aſſemblé je donne chaque jour ;
Je prépare des jeux, qui vaincront les obſtacles
Que l'on oppôſe à votre amour.

(*Il apperçoit* LÉONORE *avec une* SURVEILLANTE.)

C'eſt elle qui paroît : on la ſuit ; le tems preſſe :
Cachons-nous à ſes yeux ; allons tout préparer.

ÉRASTE.

Que le ſort favoriſe, ou trompe ma tendreſſe,
D'un cœur reconnoiſſant je puis vous aſſûrer.

SCENE II.

LÉONORE, NÉRINE, surveillante.

NÉRINE.

Songés, fongés à vous défendre ;
Tout amant eft un impofteur.

Par l'attrait d'un difcours flateur ,
Il ne cherche qu'à vous furprendre.

Songés, fongés à vous défendre ;
Tout amant eft un impofteur.

LÉONORE.

Me tiendrés-vous toûjours cet importun langage ?
Vos foupçons éternels doivent me faire outrage.
Sans vous, fans vos confeils, je puis garder mon cœur.

NÉRINE.

Songés, fongés à vous défendre.

LÉONORE.

Faudra-t-il toûjours vous entendre ?

NÉRINE.

Tout amant eft un impofteur.

LÉONORE.

L É O N O R E.

Valere, Octave, en vain prétendent me contraindre
  A ressentir l'amour.

N É R I N E.

Venise dans son sein leur a donné le jour ,
  Ils ne sont pas les plus à craindre ;
Mais ce jeune Étranger. . .

L É O N O R E.

Hélas !

N É R I N E.

          Vous soûpirés !
La France l'a vu naître , il est galant, aimable ;
  De tous ceux que vous attirés ,
  Je le crois le plus redoutable.

L É O N O R E.

J'ignorois que, sans-cesse attaché sur mes pas ,
Cet amant de mon cœur voulût se rendre maître ;
  Ce que je ne connoissois pas ,
  Vos soupçons me l'ont fait connoître.

  Si la constance de sa foi
  Me contraint un jour à me rendre ,
    Non, ce n'est plus à moi,
  C'est à vous qu'il s'en faudra prendre.

NÉRINE.

Vous le croyés conftant ? Ah ! redoutés les feux
Des amants que produit ce climat dangereux.

Si vous les rebutés , leur amour eft extrême,
Rien n'égale l'ardeur de leurs tendres defirs ;
　　　　Mais quand ils favent qu'on les aime ,
Ils font plus inconftants que l'onde & les zéphirs.

LÉONORE.

　　　Par des portraits peu véritables
　　　On nous trompe dans nos beaux jours ;
　　　Pour nous faire peur des amours ,
　　　On peint les amants redoutables.

NÉRINE.

Vous m'en dites affés ; cet amant vous féduit.
De mes fages leçons eft – ce donc là le fruit ?

LÉONORE.

Je pourois bien un jour mériter vos allarmes.

Je crois que les amours n'ont que de faux brillants ,
　　　J'ai toûjours méprifé leurs armes ;
　　　Mais je conçois qu'il eft des charmes
　　　A tromper des yeux furveillants.

NÉRINE.

　　　Je le vois , rien ne vous arrête ;
Rebelle à mes confeils. . . .

LÉONORE.

Laissés-moi voir la fête.

NÉRINE.

Je vous l'ai dit cent fois : gardés bien votre cœur;
Songés, songés à vous défendre.

LÉONORE.

Faudra-t-il toûjours vous entendre?

NÉRINE.

Tout amant est un imposteur.

SCENE DERNIERE.

*(L'Amour paroît avec sa suite. Il est revêtu d'ornements
pareils à ceux des Saltinbanques, qui le précédent ;
& il n'est caractérisé que par un arc qu'il tient à sa
main. Il va se placer sur un Théâtre élevé par les
plaisirs & les jeux, qui l'accompagnent sous des for-
mes comiques.)*

L'AMOUR, FILINDO, ÉRASTE,
LÉONORE, NÉRINE.

FILINDO ET LE CHŒUR.

Hatés-vous, accourés, volés de toutes parts;
Nous vous amenons de Cythere

Ce qui peut charmer vos regards;
Notre soin vous est nécessaire :

Hâtés-vous, accourés, volés de toutes parts.

*(Tandis que la Surveillante s'occupe à voir la fête,
Éraste s'approche de Léonore, & s'entretient
avec elle.)*

L' A M O U R.

Venés tous, venés faire emplette ;
Je vends le secret d'être heureux ;
Je fais dispenser ma recette
Par les plaisirs & par les jeux.

La froide indiférence est une maladie
Funeste aux jeunes cœurs ;
Je remédie
A ses langueurs.

Venés tous, venés faire emplette ;
Je vends le secret d'être heureux ;
Je fais dispenser ma recette
Par les plaisirs & les jeux.

L'ennui d'une âme insensible
Est un dangereux poison ;
Pressés-en la guérison ;
Mon secret est infaillible
Dans votre jeune saison.

Venés tous, venés faire emplette;
Je vends le fecret d'être heureux ;
Je fais difpenfer ma recette
Par les plaifirs & les jeux.

On danfe.

L' A M O U R.

Effet admirable
De mon favoir !
Tout devient aimable,
Par mon pouvoir.

La jeuneffe en eft plus brilante,
Et la vieilleffe moins pefante ;
La laideur fe perd par mon fard ;
La beauté paroît plus touchante
Avec le fecours de mon art.

Effet admirable
De mon favoir;
Tout devient aimable,
Par mon pouvoir.

Au plus timide cœur je donne du courage,
J'anime le plus indolent,
J'adoucis une âme fauvage,
Je rends vif l'efprit le plus lent.

Effet admirable
De mon favoir ;
Tout devient aimable,
Par mon pouvoir.

On danfe.

L' A M O U R.

Le prix d'un fi grand bien, peut être, vous étonne ?
Je ne le vends plus, je le donne :
Au bon vieux tens des Amadis,
Je le mettois trop haut prix.

J'éxigeois des foûpirs, des pleurs, de la conftance,
Un cœur fincere, un cœur difcret,
Et qui, même fans récompenfe,
Fût content de languir, de brûler en fecret.

Ce n'eft plus la mode
Des amants conftants :
L'Amour s'accomode
Au défaut du tems.

Un peu de contrainte,
Un cœur complaifant,
Une flâme feinte
Suffit à-préfent.

Ce n'eft plus la mode, &c.

ÉRASTE, à LÉONORE.

Non, il eſt un fidele amant
Qui porte vos fers, qui vous aime.

LÉONORE.

L'Amour dans vos diſcours me paroît plus charmant
Que lorſqu'il ſe vante lui-même.

NÉRINE.

Ah ! vous trompés mes ſoins !

ÉRASTE.

Ne contrains plus nos feux,
Ceſſe de nous être contraire ;
Obtenons l'aveu de ſon Pere :
Eſpere tout de moi, ſi je deviens heureux.

L'AMOUR.

Le tems s'écoule,
Il faut le ménager ;
Venés en foule,
Je ſuis un marchand paſſager.

Je fais peu de ſéjour, je pars ſans qu'on y penſe,
Vous regretterés ma préſence ;

Hâtés-vous d'acheter : & vous, Plaisirs charmants,
Préparés à leurs yeux de doux amusements.

(*La Suite de l'Amour forme un divertissement comique.*)

L' A M O U R.

Vous, à qui deux beaux yeux assûrent la victoire,
Fieres beautés, aimés à votre tour :
Songés que vos appas font des dons de l'Amour,
Qu'il faut employer pour sa gloire.

(*Le divertissement continue.*)

FIN DE LA TROISIEME ET DERNIERE ENTRÉE.

APPROBATION.

J'Ai lu, par ordre de Monseigneur le Chancelier, une nouvelle Édition
des *Fétes Vénitiennes*, Ballet. A Versailles, ce 28 Juin 1739.

DE MONCRIF.

www.ingramcontent.com/pod-product-compliance
Lightning Source LLC
LaVergne TN
LVHW011509180726
843503LV00008BA/3576